China
We got your back

站在你身后！

从特拉维夫到黄冈的 384 小时

［以色列］高佑思 马盖先 著

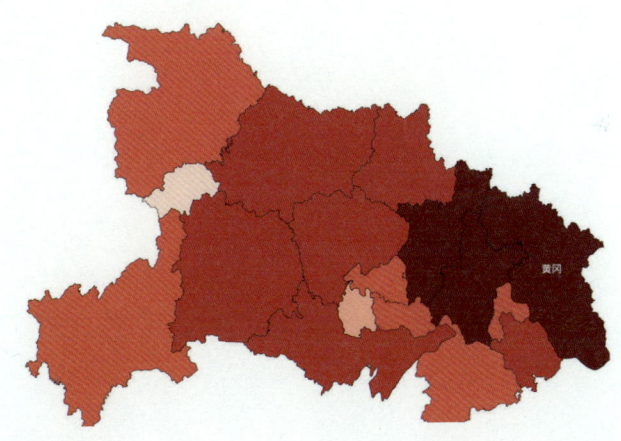

中国国际出版集团　新星出版社　NEW STAR PRESS

חברות אמת נמדדת בזמן משבר

只有你陷入危难时,才知道谁是真正的朋友。

**2020 年
1 月 25 日**

特拉维夫的药店

我们开始了在以色列收集医疗物资的计划

2020年1月30日

耶路撒冷的仓库

所有医疗物资准备就绪

2020年 2月2—8日

耶路撒冷—特拉维夫 — 莫斯科 — 广州

229箱医疗物资辗转抵达中国

2020年
2月9日

湖北省黄冈市

229 箱医疗物资被送到黄冈市中心医院

目 录
CONTENTS

导语
10万只口罩到达黄冈！　　　　　　　　　　　　　　　001

01
"抢口罩"的以色列人　　　　　　　　　　　　　　　027

02
"只有你陷入危难时，才知道谁是真正的朋友"　　　047

03
爸爸在理发店找到 5 只口罩，同伴在中国修改 15 版文件　　　　083

04
"救命航班"：把口罩运出去　　　　103

05
边缘人"别见外"　　　　123

China
We got your back

这次我们站在中国身后！

导语

10万只口罩到达黄冈！

特拉维夫当地时间2月9日凌晨3点，有人在群组"Help Hubei, Help China"发了条消息："黄冈市中心医院找了志愿者，和医院的工作人员一起，9点开始卸货，拉到附近的仓库！"

▲ 这是我和我的好朋友夏波波（左）。

▲ 重达近1吨的以色列援助医疗物资抵达广州,准备运往黄冈!

特拉维夫和北京时差 6 小时，我醒来看到这条消息，悬了 16 天的心终于放下了……

鼠年大年初一，我和团队"歪果仁研究协会"的一些成员建了微信群，取名"Help Hubei Help China"，开始为武汉甚至是中国的朋友找口罩，希望和中国的朋友一起度过新型冠状病毒肺炎疫情。黄冈是毗邻武汉的地级市，截至 9 日，确诊人数已超过 2000，仅次于武汉和孝感。**黄冈**市中心医院建于 19 世纪末，位于黄州区考棚街 11 号，是市里唯一一所国家综合性三级甲等医院，在此次疫情中承担了大量救治工作。我们最终将 229 箱医疗物资从以色列运到了黄冈市中心医院。

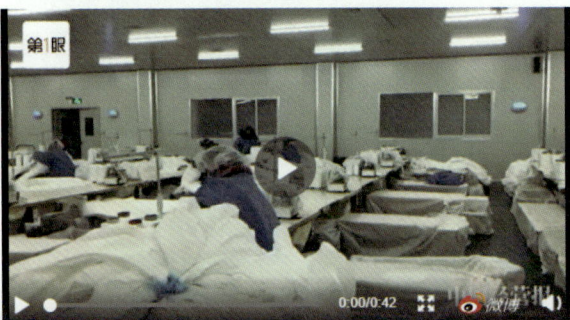

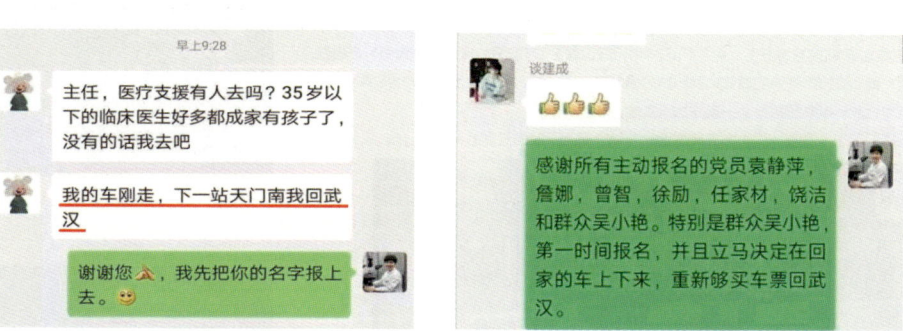

▲ 缺乏医疗物资的消息一时间铺天盖地而来,这一切令我们非常焦虑。

▲ 原本，我准备带着波波在以色列来一场愉快的旅行。

但对我而言，早在春节前几天，我就发现不对劲。1月20日这天，我正搭飞机从北京回老家——以色列的特拉维夫，同行的还有阿根廷朋友夏波波。他是我在中国认识的留学生，我们关系很好，他一直很想去以色列旅游。刚好，我每年春节都会回特拉维夫陪家人，这次就可以带他一起玩，尝尝以色列的地道美食。不过，出发的这一天，我们却感到了一丝异样的气息。

在北京首都国际机场，我们看到不少人戴着口罩。曾经有段时间，北京雾霾严重，戴口罩并不稀奇，但这几年空气逐渐变好，那天也是晴天，人们却不约而同戴着口罩。不止如此，一路上，机场候机室、安检区，甚至飞机客舱上，也有不少人戴着口罩。

　　这时，我和波波留意到一条消息：武汉出现因新型冠状病毒感染的肺炎。但那时，没有太多人注意这条消息，大家的朋友圈还在发着和往年此时差不多的内容：期末考试、工作、办年会、等过年。但回到以色列后，我发现这个疫情正在急速扩张，每天都在发生变化，哦……不对，是每时每刻！确诊人数从一开始的总数几十人，到每天增长几十人，甚至 3000 人。

新型冠状病毒疫情图
截止1月22日20:00
确诊473例
死亡9例（湖北）

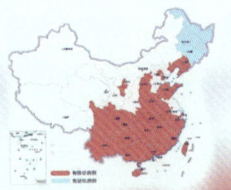

新型冠状病毒疫情图
截止1月26日08:30
确诊1975例（含港澳台）
治愈49例（全国）3例（国际）
死亡56例（全国）

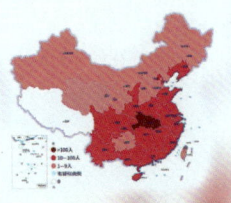

新型冠状病毒疫情图
截止1月23日08:30
确诊571例
死亡17例（湖北）

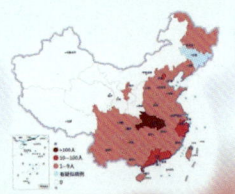

新型冠状病毒疫情图
截止1月27日08:00
确诊2761例（含港澳台）
治愈51例（全国）3例（国际）
死亡80例（全国）

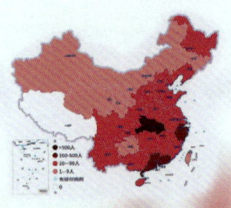

新型冠状病毒疫情图
截止1月24日08:30
确诊830例
死亡25例

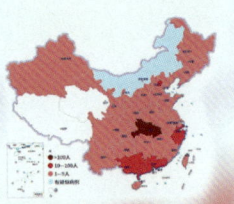

新型冠状病毒疫情图
截止1月28日10:30
确诊4535例（含港澳台）
治愈60例（全国）6例（国际）
死亡106例（全国）

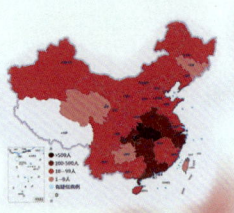

新型冠状病毒疫情图
截止1月25日08:30
确诊1297例（含港澳台）
治愈38例（全国）3例（国际）
死亡41例（全国）

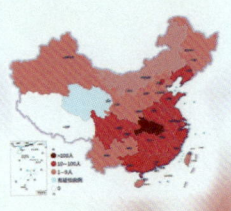

新型冠状病毒疫情图
截止1月29日08:20
确诊5997例（含港澳台）
治愈103例（全国）
死亡132例（全国）

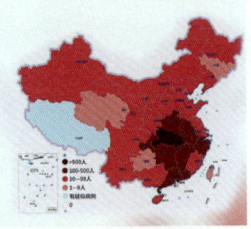

▲ 面对越来越严峻的疫情发展形势，我们能做些什么？

我和波波常年待在中国，天天刷微信朋友圈、微博、B 站，也常看中国的新闻，应该是最早一批了解这一疫情的以色列和阿根廷人。我们暂停了一切春节计划，包括带波波到以色列各地游玩，只能在家里陪我的奶奶、爸爸和兄弟姐妹。我当时想，虽然此刻不在中国，但应该让身在中国的朋友们知道，高佑思并没有 run away，仍然在挂念你们。我不断给在武汉的朋友们发信息，鼓励他们，同时也很注意鉴别各种消息，不分享假新闻，怕加重朋友们的恐慌。剩下的就只能乖乖待着，和那些在家隔离的中国朋友一样，等待疫情过去。

然而，接下来的一切改变了我的想法。1 月 23 日，因**新型冠状病毒肺炎**引发的疫情开始引起更多关注和重视，**武汉**宣布封城，封锁交通要道，武汉内的人不得外出，市外的人也进不去。数天后，湖北省内包括黄冈等几座城市陆续宣布封城，其他省份也出现病例，数量不断增长，如今，中国确诊病例人数已超过 4 万。当时我就在想，我可以做什么？我在这个只有 800 多万人口的国家，如何真正地帮助拥有 14 亿人的中国？

大约是大年三十后，湖北的医院陆续公布了他们需要的医疗物资清单，最急需的就是口罩。飞沫传播是传染新型冠状病毒的最常见方式，N95口罩或医用外科口罩可以阻挡携带病毒的飞沫，防止人被传染。随即，全中国陷入抢购口罩的狂潮。一时间，口罩千金不换。

"或许我可以在以色列找口罩,然后寄到中国。"
这就是我最初的想法,然后才有了接下来的故事。

▲ 中国，我们在你身后！

黄冈

黄冈地处湖北省东部、大别山南麓、长江中游北岸,京九铁路中段。现辖七县(红安、罗田、英山、浠水、蕲春、黄梅、团风)、二市(武穴、麻城),黄州区、龙感湖管理区和黄冈经济开发区,版图面积1.74万平方千米,2018年全市总人口750万人。

黄冈是湖北省内仅次于武汉的第二人口大市,高速公路通行到武汉仅需一个小时时间，黄冈和武汉之间的城际铁路仅需半小时就可以到达。在黄冈封城之前，大概有60万到70万人由武汉返回，巨大人员流动客观上使得黄冈市成为在全国仅次于武汉的重灾区，随着确诊人数增加，医药物资紧缺成为黄冈疫情发生以后面临的最着急、最揪心、最突出的问题。

@黄冈市人民政府官方网站内容和中国国内媒体报道选编

新型冠状病毒肺炎

新型冠状病毒肺炎（Novel Coronavirus Pneumonia），简称"新冠肺炎"（NCP），是指2019新型冠状病毒感染导致的肺炎。该名称由国家卫健委于2020年2月8日发布。2月11日，世界卫生组织总干事谭德赛宣布，新型冠状病毒肺炎被正式命名为"COVID-19"。

新冠肺炎患者临床以发热、乏力、干咳为主要表现，约半数患者在一周后出现呼吸困难,严重者快速进展为急性呼吸窘迫综合征、脓毒症休克、难以纠正的代谢性酸中毒和出凝血功能障碍。部分患者起病症状轻微,少数患者病情危重,甚至死亡。

@ "新型冠状病毒肺炎"条目下的百科信息及有关报道选编

武汉

　　武汉地处中国中部,是长江中游特大城市、湖北省的省会,中国重要的工业、科教基地和综合交通枢纽。土地面积8494平方千米,人口1200万。

　　武汉是中国著名的江城,中国第一大河长江及其最大支流汉江在城中交汇,形成武昌、汉口、汉阳三镇鼎立的壮美景观。武汉也被誉为"百湖之市",拥有全国最大的城中湖——东湖和众多湖泊。城市水域面积占总面积的四分之一。

武汉是中国高速铁路的中心,乘坐高铁至北京、上海、重庆、深圳、香港等城市均在五小时左右。武汉是中国中部航空枢纽,拥有40条境外直达航线,是华中地区唯一可直航四大洲的城市。

@武汉市人民政府官方网站内容选编

China
We got your back

这次我们站在中国身后！

01

"抢口罩"的以色列人

我的手机备忘录里有一份清单，是"Help Hubei Help China"群里根据网上资料整理的急需医疗物资清单，毫不意外，口罩是大头。1月25日早上，我和波波去了离我家最近的药店，药店里有医用口罩、医用护理口罩等不同类别的口罩。但店员告诉我，库存只有一两千，在这里，1个口罩只需1个新谢克尔，约合2元人民币，不过口罩供应商最早也要后天才能发货。

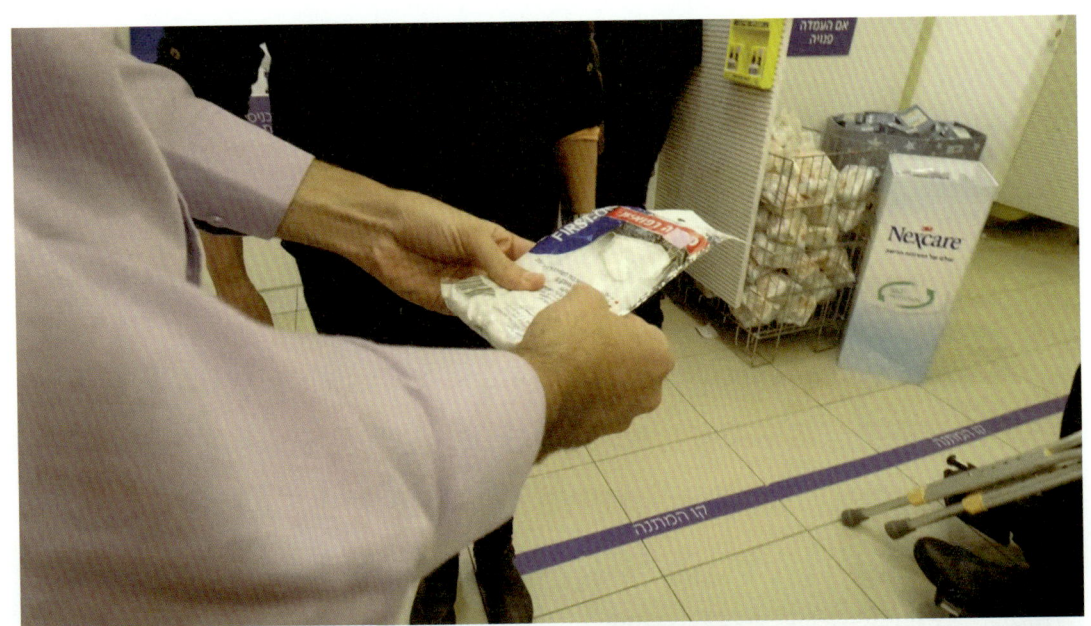

▲ 在以色列这样一个仅有 800 万人口的国家，医用口罩并不是有大量库存的物资。

两块钱，不贵，我自己可以掏这个钱全买下来，但是对现在的中国来说，晚一秒就可能多一名感染者，我们等不及了。以色列总人口才 800 多万，其中至少七成是犹太人，我就是其中之一。以色列很小，实际控制面积只有 2.5 万平方千米，约 3 个武汉市那么大，但科技、医疗等方面的水平位居世界前列，我们决定去医院寻求帮助。

　　于是，我们赶到特拉维夫医院，这是以色列最大的医院之一。我拦住一名护士问："你们有没有口罩？中国的湖北省爆发了疫情，急需口罩。"护士愣了一下，露出疑惑的表情说："医院不卖口罩。"

▲ 我们在医院也得不到想要的帮助,怎么办?

我后来明白了，医院是一个永远都在运转、永远都很忙的机构，工作人员要把时间省下来，拿去救治病人，如果你没有真正的难题，他们是没有时间理你的。因此，那名护士才不知道怎么回答我的问题，甚至诧异我们到底是来干什么的。

▲ 波波和我只能继续想办法……

很显然,虽然我是以色列人,但长期在中国,不太了解以色列本地的医疗系统,也没有足够的影响力,没法找到大人物请求他们帮忙。

那天,我为了找口罩,起了个大早就出门了,一整个上午,爸爸都没有见到我。中午,我和波波垂头丧气地回到家,和爸爸聊起了这件事。他突然很激动:"说不定我能帮上忙!"

爸爸叫 Amir Gal Or,中文名是高哲铭,从空军退役后创办了英飞尼迪投资集团,后来创办了连接中国和以色列的跨境创新平台"INNONATION",还建立了全球核心科技公司数据库。为了推进中国和以色列公司在对方国家的融合发展,他筹办了一年一度的中以创新投资大会,所以有许多中国朋友。2017 年,他获得了中国政府友谊奖,这是中国为表彰做出突出贡献的外国专家而设立的最高奖。他告诉我,中国帮了犹太人很多,比如,二战时中国驻维也纳总领事**何凤山**冒着生命危险发放数千张签证,救了许多人。"现在中国有难,我们也要尽可能地帮他们一起渡过难关。"

▲ 我的爸爸高哲铭,他说:"现在中国有难,我们也要尽可能地帮他们一起渡过难关。"

▲ 在中国发生的疫情,引起了以色列商界领袖们的关注。

很巧的是，一个月前，爸爸刚刚成为中国以色列商会的荣誉主席，今天下午要主持召开他上任后的第一次大会。"这次大会，与会者有不少是在中国开公司或者设办公室的企业家、高管，我可以在会上和他们提这件事，到时候你们就进来，向他们说明你们的想法，再一起讨论。你们觉得怎么样？"

这也太巧了！我和波波非常兴奋，随后，爸爸给了我一张与会者的名单，包括：Sheba 医疗中心的国际合作部总经理 Ofra Gordon，她所在的这家医院是美国《新闻周刊》评选的"21 世纪全球十佳顶尖医院"之一；著名医学教授 Roni Gamzo，他是特拉维夫医院的 CEO。另外，中以医疗合作机构创新医疗的总负责人 Yuval Bloch 也在其中，还有许多来自各国的投资人。

下午 2 点，会议开始，我和波波在会议室外焦急地等待。会议快结束时，爸爸让我们进会议室。我们俩没时间准备 PPT，还穿着便装，很不正式。但我们面对企业家和大教授们时，非常直接地进入主题。我们说，现在中国正在发生灾难，请求他们捐助物资给中国。

当时，有几位与会者已对中国的疫情有所了解。比如，有一位与会者在中国有一家公司，共上百名员工，他在知道疫情暴发时已经做好准备，让员工们回家，带薪休假。但直到我们突然出现在会上，并焦急地请求支援时，他才意识到事情并没有那么简单。

▲ 原来,事情没有那么简单。

何凤山

何凤山（1901年9月10日—1997年9月28日），二战期间任中国驻维也纳总领事，向数千犹太人发放了前往上海的签证，使他们免遭纳粹的杀害。

何凤山上任时，欧洲上空已战云密布，纳粹分子大肆煽动反犹狂潮，大批犹太人被送入集中营。面对灭顶之灾，欧洲犹太人决计出走，希望借此躲避纳粹魔爪。但是，取得一张出国签证难若登天。

I

　　那时，奥地利是欧洲第三大犹太人聚居地，总数约18.5万人。纳粹欲将这里的犹太人赶尽杀绝，犹太人纷纷想方设法离开奥地利，成千上万的人每天奔走于各国领事馆之间，但大都没有结果，许多国家都强调种种困难，向犹太人亮出红灯。就在这个时候，中国外交官何凤山不忍看着犹太人在维也纳等死，向走投无路的他们伸出了援手,勇敢地打开了向犹太人发放签证之门。据推测,何凤山签发的护照至少有数千份。

@"何凤山"条目下的百科信息选编

China
We got your back

这次我们站在中国身后！

02

"只有你陷入危难时,才知道谁是真正的朋友"

"中国湖北乃至其他省份的医院缺少口罩、手套、防护服，医生都没有这些保护装备，更别提普通人了。"不仅如此，中国取消了多个国家的团体旅游，严格控制人员流出，武汉等城市纷纷**封城**。同时，全世界多个国家也出现了病例，其中绝大多数是近期去过武汉的人。

当时，全场一度陷入数秒的沉默。他们在思考，也可能在犹豫，毕竟当时全球还未意识到这件事的严重性，而以色列官方也未宣布什么具体政策公开帮助中国。

我用希伯来语告诉他们："只有陷入危难，在最危险的时刻，人才知道谁是真朋友，谁是假朋友。想想以色列的犹太人，历史上我们遭受灾难时，也有很多人跑掉了，没有帮我们。现在正是我们表态的时候。"我想告诉他们，我们与中国的关系一直很友好，他们也常在中国发展，对中国的未来发展抱有很大期望，在这样危急的时刻，如果他们能够站出来，可以让中国看到他们的诚意。

▲ 我用希伯来语告诉大家——"患难见真情"。

或许是这番话打动了他们,有些人听完后互相对视了一下,而我弟弟的出现,则真正打消了他们的顾虑。

弟弟帮爸爸做跨境投资,负责对接以色列这边的公司,他有当天在场的所有与会者的电话。会后,在与会者站起来即将离开时,他追上前,一个一个询问他们:"你想参与这次行动吗?"他还给每位与会者发了短信,正式说明中国疫情很严重,以及如果他们能参与捐助,将会起到很大的作用。

会议室逐渐嘈杂起来,几家公司的高管直接打电话给他们的老板,汇报了这件事。最后,5家公司同意参与这场捐助行动,弟弟随即提出,给他们录视频,让中国的朋友看看来自以色列的支持。

▲ 大家决定，开动起来，帮助中国！

意外的是，不少人立刻取消了自己接下来的行程如公司的重要会议等，专门坐下来给我们录了几十分钟视频。中以医疗合作机构创新医疗的总负责人 Yuval Bloch 说，中国之所以强大，原因是非常团结。有一位医学专家在中国协助建立了两家医院，是医学顾问，他说他非常看好中国医生的能力。还有一位在中国开公司，研究灌溉等农业技术，在中国经商已经 30 多年了，公司共 200 多人，他说："好的时候，坏的时候，我都会继续投资，我看好中国的发展。"

因为我们只有一台摄影机，后来这个录制环节变成了排队拍视频。想想这个场面，以色列甚至是全球最厉害的商界、医界人物，竟然在一个会议室里排着长队，对武汉和中国说"加油"。

Dr.Yuval Bloch
CEO, INNONATION Medical
中以医疗合作机构 Innonation Medical 总负责人

我认为，中国是一个强韧的国家。中国如此强大的最大原因，是中国人的团结，尤其是在灾难中，就像在这次疫情中表现的这样。

Ofra Gordon
Head of international Relations
Sheba Hospital
Sheba 医疗中心（美国《新闻周刊》评选的 "21 世纪全球十佳顶尖医院" 之一）国际合作部总经理

大家要再冷静一些。人们需要了解医务人员正在处理的所有障碍和困难。让我们暂时把恐惧和困难搁置一旁。

Professor Roni Gamzo

CEO, TEl Aviv Medical Hospital

以色列很有影响力的医院的 CEO，以色列著名医学教授

口罩、医疗设备，我们会为中国提供一切协助。

Tslil Kleinman
Israel-China Chamber of Commerce
中国以色列商会代表

我们决心要做出行动,为湖北人民、为中国人民做些什么。我们正在寻求一些捐助,关于金钱、口罩或其他任何中国需要的援助。我们刚刚已经确认了有两家公司确定捐助两万只口罩,我们还在寻求更多的帮助。我们始终记得,作为以色列商会成员的我们在中国生活的时候,每当我们遇到困难的时候中国是如何帮助我们的,这次换作我们站在中国身后。

Amir Gal Or
President, Israel-China Chamber of Commerce
Founder, INNONATION
中国以色列商会荣誉主席
INNONATION 创新国度创始人

中国人历史上无数次帮助犹太人,尤其在二战时期。中国一直致力于多国间的友好互助,所以我们当然也会竭尽全力帮助中国,并坚定地一直这样做下去。

很快，捐助内容确定了，有人帮我们采购医疗物资、有人给我们捐钱、有人帮我们联系医疗物资供应商。但最让我们激动的，是 Sheba 医疗中心愿意提供 3 万只口罩。

Sheba 医疗中心的国际合作部总经理帮我们联系了独家代理的供应商 Kodan Medicam。"这个仓库平时不给其他人公开采购物资，但现在因为这个特殊情况，我帮你们联系了，你们什么时候可以过去？"这家供应商直接向大医院、军队提供备用医疗设备，里面的东西质量非常好，但距离有点远，在另一个城市耶路撒冷。

"我们没有时间了，right now。"我说。此时，距离我开始找口罩已经过去了 10 个小时。于是，爸爸立刻开车，载着我们前往耶路撒冷，1 个小时后，到达 Kodan Medicam。

▲ 我们马上去找向大医院、军队提供备用医疗设备的供应商。

▲ 我们终于到达 Kodan Medicam。

我们走进仓库,里面太大了,我们就像走进丛林的小矮人。我和爸爸分别走到不同的货架边,仔细查看箱子上的说明,寻找我们急需的物资,很快找到了 N95 口罩和防护服。除此之外,仓库里还有几十种医疗设备。

▲ 爸爸正在仔细查看箱子上的说明。

▲ 我们是这里的"第一个非医院客户"。

▲ 看,我们要的物资!

"你知道吗？你是第一个非医院的客户。"负责人说。这个仓库向医院和以色列军方提供备用医疗设备，只服务国家和医院，从未服务民间。"这本来是不能给你们的，但看你们这么好，以色列需要你们这样的人帮助那些有需要的人，没在国外给我们丢脸。"

其实，以色列只有 800 多万人口，全国医生也不过几百人，医用口罩日常只有这些医护人员在使用。这个仓库本来有不少口罩是由中国和其他国家进口而来，但因为疫情，来自中国的口罩停运了，在这种情况下，他们还愿意给我们那么多口罩，这让我们非常感动。

当时，我想都没想，就说"buy it"，很快就成交了。没想到，负责人马上说："看你们这么热心帮中国，把5万套医用手套捐给你们。"最后，仓库几乎把所有备用的医疗物资都给我们了。

就这样，不到17个小时，我们筹集了100箱医用口罩，每箱有1000只、重5.4千克，共10万多只；60箱手套，每箱3千克，共5万双；70箱手术衣（防护服），每箱100件，每箱6千克，共7000件。物资总计229箱，重量近1吨。

▲ 爸爸找到的口罩，棒！

从耶路撒冷回特拉维夫的路上，
我吹着风，
从没感觉到如此轻松。

▲ 我们得到了近乎所有备用医疗物资的捐助，这些货物或许可以顺利启程了……

封城

从1月23日10时起,随着新型冠状病毒肺炎疫情的发展,武汉市和周边的鄂州市、仙桃市、潜江市、黄冈市、荆门市等相继宣布暂停运营城市公交、地铁、轮渡、长途客运,暂时关闭机场、火车站、高速公路等离开通道,通过这种方式来控制疫情的扩散。截至1月24日14时,在短短的一天多时间里,湖北省已有18个市县(包括地级市、县级市及县,不完全统计)共有武汉、鄂州、仙桃、枝江、潜江、黄冈、武穴、利川、蕲春、赤壁、恩施、荆门、咸宁、黄石(含大冶市、阳新县)、当阳、荆州、应城、孝感停运市内及区域间公共交通，另有一市减少公共交通班次。实施进出人员管控是因为疫情已经到了刻不容缓的程度，只有严格控制传染源，才能不让传染病发生大规模传播。

@ 中国国内媒体报道选编

China
We got your back

这次我们站在中国身后！

03

爸爸在理发店找到 5 只口罩，同伴在中国修改 15 版文件经过昨天的"抢口罩"大战,我家人脑子里全都是"口罩口罩",每去一个地方就会特别留意口罩。第二天,爸爸去附近的理发店理发,理发师是个光头的中年男人,留着白色胡子,酷酷的。爸爸突然瞧见他手里攥着口罩,赶紧上前问,能不能把口罩给我们?理发师知道了中国的情况后,递给我们那包口罩,爸爸打开,1、2、3、4、5……5只口罩。

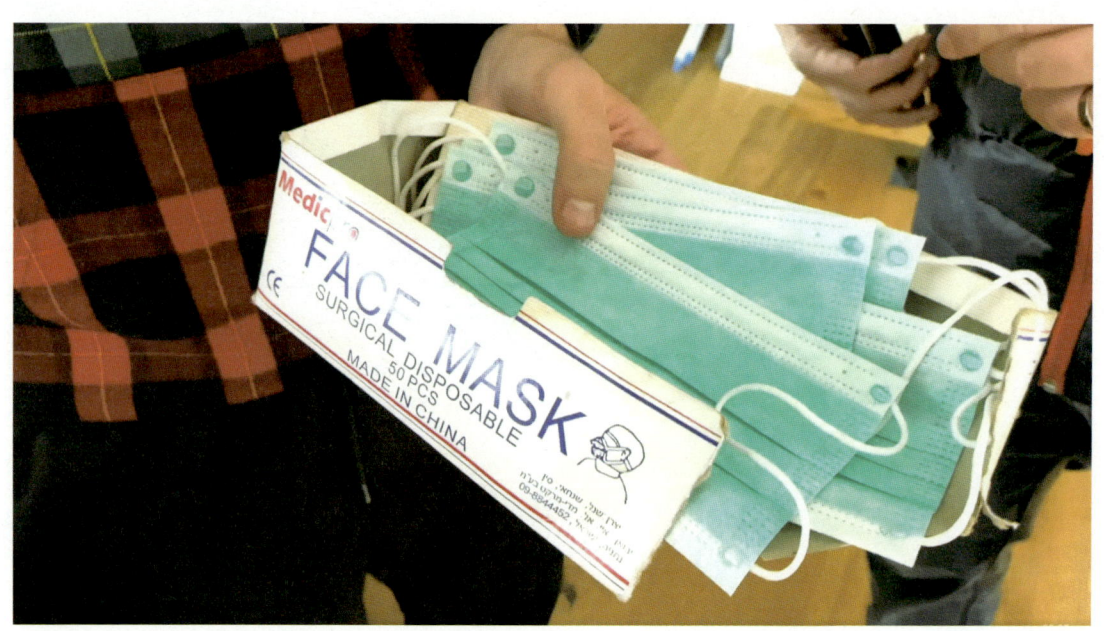

▲ 理发师可能从来没有接待过一位中国客人,但他捐出了仅有的 5 只口罩。

我们是最早去**以色列**找医疗物资的人，在筹集到口罩后，以色列本地也陆续有人开始帮中国筹集医疗物资。几天后，团队把我们第一天找口罩的经历做成一段9分钟的短视频，发布后在中国引起了轰动，很多朋友找到我们，问能不能再多找一些。这把我们吓到了，对口罩、医护设备、防护服的需求已经这么大了。

然而，不只特拉维夫，耶路撒冷、海法这些大城市全都断货了，医院也买不到。波波问了阿根廷的朋友、西班牙的朋友，所有地方都断货了。全球各个地方"一罩难求"。

▲ 特殊时期的海外物流,这是一个非常艰难的旅程。

从我开始找口罩的第一天,我的团队就在寻找靠谱的合作机构来接收我们的医疗物资,送到湖北真正需要的地方。这里不得不提到我心目中的英雄——"歪研会"的制片薇薇。

薇薇主要负责这次**中国国内接收海外物资捐助的流程**,那几天,她和团队成员开始研究所有医院在网上发出的物资征集函,比较不同医院的物资需求。但考虑到形势一天一变样,等我们真正把物资运到中国,原本那些需求高的医院可能物资已超额,出现爆仓、造成浪费,我们决定先联系慈善机构,希望把物资送到他们手上,再经由他们分派给急需的医院。

那段时间，薇薇一天要打上百个电话，但疫情愈发严重，这些慈善机构忙不过来，电话经常打不通，哪怕打通了，常常要转三四次才会找到对接的人，而且每次打电话都是不同的人接。这样一来，薇薇需要重新解释事情缘由，无形中也花了更多时间，最终才确定了临近疫区的湖北省慈善总会。

同一时间，薇薇比较了多家物流公司，最终定下了能对接慈善机构且人力充裕的菜鸟裹裹，并与他们建立了联系，菜鸟同意帮我们安排物流运送流程。流程启动后，薇薇便开始了处理文件的漫长过程，比如，菜鸟需要慈善机构的盖章证明才能预定航班，而慈善机构需要物流公司的航班信息才能提供盖章证明。

▲ 我们需要准备许许多多复杂的文件。

除此之外，我们需要向菜鸟提供海外捐助物资的相关文件，《海外物资捐赠意向书》《捐赠物资清单》《受赠人接受境外慈善捐赠物资进口证明》《货物基础信息》《实际使用人收据》《装箱单》和发票，填写这些表格是为了审核受捐方的资质、（所需）物资的型号和标准……

我们好不容易定下飞往武汉的航班，又因为武汉封城，班机停飞了。而菜鸟裹裹的头程资源都是到上海的，所以必须到上海进行清关。然而，上海的海关不接受异地慈善机构的捐赠，我们的受赠主体全部改为上海慈善总会，希望通过它把物资转交给湖北省慈善总会。这样一来，所有文件又要全部重填。

▲ 货物什么时候才可以启程呢？我们忧心如焚。

▲ 世卫组织总干事谭德塞博士为抗击新型冠状病毒疫情的武汉人民加油。（图片来源：世界卫生组织中文网站）

薇薇三番五次地改文件，我跟她有 6 个小时时差，她得经常熬夜和我联系。看起来是 5 份文件，但每一份的数据都需要我们反复确认，最终薇薇来回修改了至少 15 版。多方沟通的成本真的太高了，时间一点点流逝，我们越来越焦急，心里越来越难受。

随着疫情蔓延，医疗物资紧缺的程度愈发严重，中国官方下达新规，海外捐助物资可以不经由慈善机构，这意味着我们能直接送往对口医院。我们立刻检索数十所医院发布的医疗物资征集函，发现黄冈市中心医院需要的医疗物资和我们筹集到的非常契合，就赶紧和它建立了联系。

不过，与黄冈市中心医院联系也不顺利。举个例子，在确定流程过程中，需要医院官方盖章，但我们从医院负责人那里得知，当时医院的公章不在本部，他们派专人寻来公章，再翻译、盖章、扫描，也花了不少时间。有一天早上，薇薇 8 点多打电话到医院确认信息，说着说着，听到电话那头突然传来吼声："快点开工了！"可见情况非常危急。

最终，我们确定了将医疗物资运到上海，再转运到武汉。一切似乎逼近终点了，就在这时，传来了一个震惊全球的消息——2020 年 1 月 31 日，世界卫生组织将新型冠状病毒肺炎疫情定义为"**国际关注的突发公共卫生事件**"。

以色列

以色列（State of Israel），地处地中海的东南方向，全国总面积为2.5万平方千米。以色列是世界上唯一以犹太人为主体民族的国家，2014年1月总人口已超过813万，其中有611万犹太人。耶路撒冷、特拉维夫、海法是以色列三大城市，分别有80.1万、40万和28万人口。特拉维夫市最初创建于1909年，它的名字在希伯来语中的含义是"春天（Aviv）的小丘（Tel）"，今天已经成为以色列最为国际化的经济中心，被认为是以色列文化之都。

以色列工业化程度较高，总体经济实力较强。以色列对于科学和科技的发展贡献相当大。自建国以来，以色列一直致力于科学和工程学的技术研发，以色列的科学家在遗传学、计算机科学、光学、工程学以及其他技术产业上的贡献都相当杰出。以色列的研发产业中最知名的是其军事科技产业，在农业、物理学和医学上的研发也十分知名。

@"以色列""特拉维夫"条目下的百科信息选编

中国国内接收海外物资捐赠的流程

中国国内接受海外物资捐赠需要经过规范流程，此处以湖北省慈善总会为例。

一、物资归集：捐赠物资应是急需的疫情防控物资，原则上以口罩、防护服、消毒液、防护面罩、护目镜为主（型号请见"湖北单一窗口"，网址为：www.hbeport.gov.cn）。捐赠医院的医疗用品必须满足国家标准及以上，必须要有厂家执照、医疗器械注册证、检测报告这三个文件。捐赠物资的个人、组织、团体、企业确认货源所在地，请就近寻找到海外合作仓，集中发货。（海外合作仓请直接在"湖北单一窗口抗击新冠肺炎境外捐赠登记系统"查询，将持续更新。）

二、明确意向：捐赠物资的个人、组织、团体、企业请向湖北省慈善总会发送《境外物资捐赠意向书》及《捐赠物资清单》，说明捐赠主体、物资品类、单价、数量、总价、联系人、受赠方、使用方等信息，《捐赠物资清单》和实际物资偏差率不超过95%，《境外物资捐赠意向书》及《捐赠物资清单》盖章或签字后扫描。填好《受赠人接受境外慈善捐赠物资进口证明》及《捐赠物资分配使用清单》，连同《境外物资捐赠意向书》《捐赠物资清单》扫描件、捐赠人身份证明文件电子版（企业或组织提供相关执照/个人提供身份证、护照等）发至湖北省慈善总会，并将表格原件及捐赠人身份证明文件复印件邮寄至湖北省慈善总会。

三、物流运输：将捐赠物资就近集中到合作海外仓，组织空运发货到武汉、长沙、广州、上海等机场。货到口岸机场后，可委托相关合作报关公司进行免费清关及配送至指定地点。空运提单收货人处统一打湖北省慈善总会的名称，方便办理免税手续。通知人可打医院或者其他捐赠物资使用方，方便其签收。

@《长江日报》发布的湖北省慈善总会疫情防控境外物资捐赠信息选编

国际关注的突发公共卫生事件

国际关注的突发公共卫生事件（Public Health Emergency of International Concern，简称PHEIC）是指"通过疾病的国际传播构成对其他国家公共卫生风险，并有可能需要采取协调一致的国际应对措施的不同寻常的事件"。

世界卫生组织（WHO）提出PHEIC是为了面对公共卫生风险时，既能防止或减少疾病的跨国传播，又不对国际贸易和交通造成不必要的干扰，使相关国家和地区遭受经济损失。根据疫情的发展，世界卫生组织宣布PHEIC后随时可以撤销及修改。发布后有效期为3个月，之后自动失效。

2009 年以来，世界卫生组织共宣布了六起"国际关注的突发公共卫生事件。

此前五次分别为2009年的甲型H1N1流感、2014年的脊髓灰质炎疫情、2014年西非的埃博拉疫情、2015—2016年的"寨卡"疫情以及2018年开始的刚果(金)埃博拉疫情(于2019年7月宣布)。

@有关百科信息及中国国内新闻报道选编

China
We got your back

这次我们站在中国身后！

04

"救命航班":把口罩运出去

新型冠状病毒肺炎疫情成为"国际关注的突发公共卫生事件"意味着什么？这意味着整个世界陷入危机，各个国家可以以保护本国人健康、防范卫生风险为由，封锁前往中国的航班、禁止从中国来的航班。

消息公布是在以色列的深夜，两个小时后，所有航空公司宣布取消了中国航班，有的是立刻取消，有的把第二天或第三天设为最后航班日。我和波波也因此滞留在以色列，至今无法回中国。现在，巴西的朋友想把口罩运送到中国，可政府不允许；新加坡禁止近期去过中国的游客入境；在美国，1个小时内就有好几家航空公司取消飞往中国的航班。

对我们而言，这几乎是毁灭性的打击，我们做了那么多，难道一切要停在这里吗？我只好一边联系以色列的货运公司看能否尽快帮我们安排物流；一边向以色列卫生部、以色列的机场和中国的伙伴反复确认物资信息：

（1）这批货物不是用于销售，而是捐助；

（2）箱子的长宽高以及重量；

（3）打包箱数量、毛重、净重、总重量；

（4）货品种类以及每一种的数量；

（5）货品编号。

虽说身处全球化时代，办什么事情按理应该很快，但在以色列，很多人没有随时查看手机信息的习惯，我只能打电话。我每天打100多个电话，给每个人十几次确认很多信息，我和中国的伙伴曾通了整整4个小时的电话，确认所有的物资、所有的数字。从耶路撒冷仓库运送物资时，还碰上以色列的周末（周五、周六），卡车司机不上班，所以这期间我们又干等了两天。

那时候，我真正体会到了"度日如年"的感觉，每等一秒，就觉得希望一点点地丢失。不过，同样经历了极大折磨的薇薇说："你不知道你的一点点努力会带来什么改变。"

第二天上午11点，一家以色列货运公司打电话给我，说通过菜鸟找到我们，他们来负责货运且全程免费，让我们尽快把货品的信息发给他们。

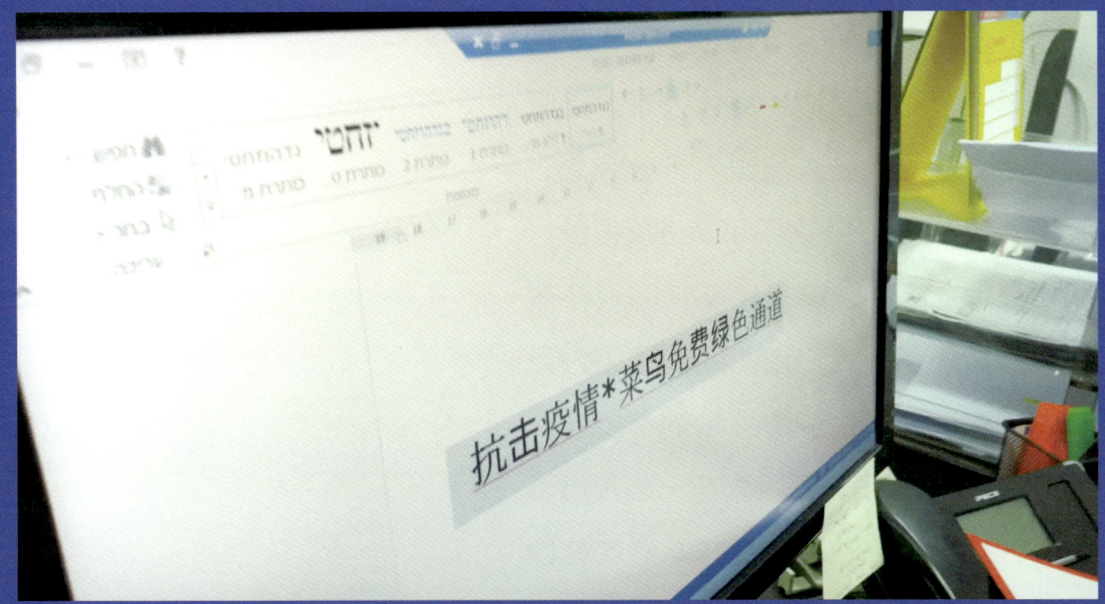

▲ 机场工作人员好奇地围过来问：这是什么？哦，这是中文！

一切来得太突然了！估计是薇薇和其他成员在中国的努力起了作用。我和波波已经3天没合眼，身体很累，但听到电话那头的工作人员语气十分焦急，我们就又来了干劲。之前事情进展很慢，一切都很"卡"，没有出路，而现在效率突然提升了。我知道，或许是因为更多的人意识到阻止疫情蔓延的重要性，并且开始行动起来。我们大家一起焦虑、担心，却同步行动着。我非常喜欢这种感觉！

我和波波赶紧填好物资信息，货运公司一边联系机场给我确定航班，一边开车将物资运往机场。在车上，我也想过，万一最终没订到航班，怎么办？毕竟，每时每刻，全世界的情况都在变化。但是转念一想，我们把物资运到机场，只要找到航班，就能立刻出发！于是，我赶紧再次踩紧油门。

到了机场，货运公司给我们带来了这几天第一个真正的好消息：订好航班了，俄罗斯航空SU503——从特拉维夫到莫斯科、SU220——从莫斯科到广州。不过，我仍然很紧张，我们的物资装载上飞机之前，机场人员要认真检查，我根据工作人员的指示填写物资信息单，每画一笔，心就揪一下，好在检查通过了。

▲ 载着物资的飞机终于起飞了!

最后，工作人员要在箱子上贴行程单，算是"确认机票"，保证能装上离开以色列的飞机。只见他用手掌前后捋平、贴紧，我永远都忘不了那一刻，上面写着"从特拉维夫到广州"。我真的无法形容当时的感觉，仿佛是真正地松了一口气。飞机起飞后，我和波波找了家地道的以色列餐馆，吃了鹰嘴豆，还有类似中国肉夹馍的"沙威玛"。这是我们到以色列吃的第一顿安心饭。

北京时间2月5日上午10点，俄航班机准时降落在广州白云机场，等待物流公司安排直达黄冈的汽车队。这一天，"歪果仁研究协会"发布了第二段短视频，记录了我们把医疗物资运往黄冈的大致过程。视频发布后，最激动的应该是我们身边的黄冈人。

▲ 我永远也忘不了这张"机票",从特拉维夫到广州!

"Help Hubei Help China"群组里有一个朋友,她的妈妈是黄冈人,专门给我们发消息说看到我们为黄冈做的事情,不知道说什么好,没想到世界各地有这么多人在拼尽全力帮助黄冈、湖北和中国。我们的视频在B站以及各大视频网站发布。当时,视频平台以及我们团队官方微信、微博的粉丝中也有黄冈市中心医院的工作人员,他们看到视频后,纷纷给我们发消息表达感谢。同时,也有一些粉丝给我们留言,说可以帮忙找直升机的资源。最近一段时间,进入黄冈等城市的交通受到管制,许多朋友看到我们打算运货进入,担心会卡在某个地方,就想到可以动用他们可能有的资源,帮我们找直升机,直接运送物资。

那天,我突然想起来,薇薇那句话还有下半句:"你可以知道你的一点点努力会带来什么改变。"

所有被病毒侵扰的朋友，
请大家坚持，
我们都在你们身后。

无论你是谁，
所有人都能帮上忙，
所有事情在现在这个时刻都有意义。

China
We got your back

这次我们站在中国身后!

05

边缘人"别见外"

有一个细节，我终生难忘。当时，我在耶路撒冷的大仓库里寻找我们急需的物资时，发现了几箱标明"Xiantao City, Hubei China"的物资。在前面，我提到这个大仓库的一些物资由中国进口而来，更确切地说，其中有不少就来自湖北省的**仙桃**市，而这只是以中贸易交易额的九牛一毛。

▲ 这是一箱来自中国湖北仙桃的医用口罩,被出口到以色列。现在,它们又回到了最初生产它们的地方,帮助到这里的人们。

2018年，中国就是以色列仅次于美国的第二大进口国。2019年的前三个季度，以色列与中国的贸易额达106.4亿美元，其中，由中国进口而来的商品就高达70.7亿美元。中国帮助我们实现经济增长，给我们带来数量众多、质量上乘的商品，这一次，我们也用这些商品"反哺"需要帮助的中国。

"全球化"这个词要被人们说烂了，但我想，不是每个人都知道它真正的含义。我们生活的世界联系得越来越紧密了，但让我觉得无奈的是，越来越多的人却趋于活在自己的世界，不太关心或者说不是真正愿意去了解那些远方的人与事。

　　为什么需要关注"远方"呢？拿这次的武汉疫情来说吧，这次是中国遭遇了困难，但未来，可能是世界上任何一个地方发生灾难。换句话说，如果今天是另外一个遥远的国家发生了灾难，在我力所能及的范围内，我也会去捐助、帮忙。

▲ 我在中国不同的地方，遇到了不同的人。

我是以色列犹太人，一个外国人。我刚来中国时，不懂中文，也听不懂中国人的梗，没有什么认识的人，也没什么人关注我，语言隔阂和文化差异常让我觉得很孤独。很长一段时间，我觉得自己是"局外人"，是社会的边缘人群。后来我发现，很多留学的朋友也有这样的感受。我开始思考，作为一个外国人，在看待中国时，比起其他人，有什么特别的视角？我觉得那应该是对于在中国的"边缘人"的关注。

我很爱足球,在北大国际关系学院读书时,认识了几个球迷,同是北大的方晔顿、南开大学的刘祺和北京体育大学的张希曼,先和他们一起拍体育视频,后来办了"歪果仁研究协会",做自媒体。这个团队共有30多个成员,有中国人,也有来自世界各地的朋友,大多是"90后",还有不少是"95后",我们关心中国和全世界正在发生的事情。

一开始,我作为"出镜主持人"去街采,到五道口、三里屯等地"拦截"

▼在街头,我们和许多外国人交流对中国的感受。

▲ 我在汶川"老地方"餐馆端盘子。

外国人，问他们对中国文化的理解。我发现他们和我一样，对中国文化有很多好奇和误解，而我们想做的就是让他们的疑问被更多的人看见。

就这样，我的误解和不解也在慢慢消解。我们街采要问最近热门的话题，这要求我追踪热点，时刻搜集资讯。比如，"错过了一个亿"这个梗，本来是倪萍老师在主持央视节目《等着我》的口误："我们微博的阅读量是五千五百万，同志们，这是什么，这是一个亿。"后来，有明星使用这个梗，"别错过一个亿"刷爆微博，有段时间成为大家都很爱用的口头禅。有一次，我去街采外国人讲他们用微信红包的体验，我就开玩笑："我的手机必须24小时满电，不然我感觉自己会错过一个亿。"渐渐地，我发现自己可以融入中国朋友尤其是年青一代的语言文化。

再比如，在中国语境下，非洲是一个边缘的概念，我们经常认为它是落后的、脏乱的，治安很差，很贫穷。但我们经常活在自己的想象中，充满了刻板印象，鲜少真正行动起来去"看见"非洲。于是，去年我去了非洲的肯尼亚，还特地逛了假发店，在嘈杂的市集中，听老板娘给我们介绍假发是如何制造出来、如何从中国的广州运送到非洲以及如何根据不同民族的服饰挑选适合自己的假发，我还在老板娘以及旁边的几个女老板簇拥下，试戴了女士假发！B站弹幕顿时就炸开了！在非洲，我还去了贫民窟，和小朋友玩跳绳，还看到他们如何自制手推车给残疾的好朋友使用，还推车带着他在路上"奔跑"。当时，有个非洲朋友说的话令我记忆犹新："贫民窟不是危险的地方，它只是另一个普通的地方。"

▲ 在肯尼亚试戴来自广州的假发。

▲ 和肯尼亚的孩子们在一起。

▲ "贫民窟不是危险的地方，它只是另一个普通的地方。"

实际上，非洲有几十个国家，每个地方的文化、历史都不一样，甚至发辫的扎法也各不相同。那一次，我深刻地理解到，"边缘"这个词是一个相对的概念，对世界而言，中国是他者；对中国而言，非洲是他者；对中国人而言，留学生是他者。除了街采和游历非洲，我们还想做更多，这就要提到《别见外》了。

此前,在刘祺的建议下,我和团队就做了《别见外》系列视频:我去中国各个城市,拍摄那些游走在我们生活边缘的中国人,我由此体验了中低层工作者的生活,比如快递员、餐厅服务生、外卖小哥。

▲ 在这里,我体验了许多想象不到的生活。

此时剩余的货物都是送往古城内
高佑思和张师傅只能徒步送货

为什么会有这个想法？在中国待了几年，我发现在中国，你的身份很大程度上来自你的工作，这两者经常绑定在一起。对于那些从事比较边缘、底层工作的人，他们也会因此变得很边缘，较少被主流社会关注和理解。比如说中国工人，中国经济快速增长的背后，离不开千千万万在工厂中辛苦工作的人，但是许多人对工人的理解存在很大的偏见，比如很脏、受教育程度低。但是当我去山东邹平市的一家世界500强企业当工人后，我才知道现代工人很需要技术，在大工厂里，工人把企业当作自己的家，把同事当成兄弟姐妹，在面对重大生产任务时非常团结，这种企业文化是我在其他很多国家都看不到的。

中国人的团结，是我在其他许多国家看不到的。▶

▲ 给新生送北京大学录取通知书。

在去年的《别见外》系列里，我还和母校招生办的老师们去温州，给新生送北大录取通知书。在那座城市，我看到了成长在书香门第的孩子如何坚持自己对历史的兴趣，也看到农村的男孩因考上名校而成为全村人的骄傲。

如果是以前，这些边缘人的面孔很难被公众所知，但在自媒体时代，我们可以做到。我们为这些人拍视频，向中国甚至世界展示他们的生活。做《别见外》的初衷就是让人们理解"他者"，理解"边缘人"，只有先了解他们，才有可能化解误解，甚至切实提供帮助。例如，当我们了解了外卖小哥的不易，我们在收货时或许就会自然地说一声"谢谢"，对于小哥而言，他兴许就能感觉到自己的工作和努力受到了尊重。

如果说之前的《别见外》，我更多地是在记录，那么这一次把医疗物资捐到黄冈，其实是"升级版"的《别见外》，真正从实际上提供了帮助。等到疫情过去，我回到中国了，第一件事就是继续拍摄《别见外》。下一集，我要去黄冈市中心医院当医生助理。

这一切不是终结，而是一个新的开始。▶

仙桃

仙桃，中国重要的无纺布制品出口基地。

中国湖北省仙桃市以轻结构、外向型为产业特色，已经形成以纺织、服装、无纺布及卫材制品、食品加工、医药化工、机械电子为主导的产业体系。纺织服装已具备年产1亿米中高档面料、5000万件成衣的生产能力，基本形成纺、织、染、整到服装加工比较完整的产业链。仙桃市的无纺布产业在扩张、升级、规范中加快发展，制品出口占全中国 45% 的市场份额，也是世界无纺布制品的重要出口基地。

@ 仙桃市人民政府官方网站内容选编

这一切，全都是值得的！

中国，我们在你身后！

特别感谢下列机构的捐赠

INNONATION
Israel China Chamber of Commerce
Infinity Group
ZGC Group
IsraAID
MCA Group
Netafim

感谢下列机构的支持

IDC - 以色列钻石中心
Teva - 药品研发商
Kodan Medicam - 医疗器械供应商
Hair Story barber shop - 理发店
Ichilov Tel Aviv Medical Center - 特拉维夫医院
Damco Deliveries - 物流公司

感谢天猫国际和菜鸟裹裹提供的物流和清关帮助

感谢参与本次捐助行动的所有歪果仁研究协会成员

Amir Gal Or.（高哲铭）
Raz Gal Or（高佑思）
Brian O'Shea（夏波波）
Christian Max（马思瑞）
王　薇
宋浩铮
李　喆
李建超
刘　祺
方晔顿
张希曼
卞梦瑶
史一腾
郑肖肖
张思瑶
梁晓婷
黄　楚
张　强

THANKS

图书在版编目（CIP）数据

站在你身后！：从特拉维夫到黄冈的384小时 /(以) 高佑思，马盖先著. —— 北京：新星出版社，2020.2
ISBN 978-7-5133-3971-1

Ⅰ．①站… Ⅱ．①高… ②马… Ⅲ．①纪实文学－以色列－现代 Ⅳ．①I382.55

中国版本图书馆CIP数据核字(2020)第024758号

站在你身后！
从特拉维夫到黄冈的384小时

[以]高佑思 马盖先 著

出版统筹：邹懿男
责任编辑：孙志鹏
责任校对：刘 义
责任印制：韦 舰
书籍设计：尚世视觉

出版发行：新星出版社
出 版 人：马汝军
社　　址：北京市西城区车公庄大街丙3号楼　100044
网　　址：www.newstarpress.com
电　　话：010-88310888
传　　真：010-65270449
法律顾问：北京市岳成律师事务所

读者服务：010-88310811　　service@newstarpress.com
邮购地址：北京市西城区车公庄大街丙3号楼　100044

印　　刷：北京中石油彩色印刷有限责任公司
开　　本：889mm×1194mm　1/24
印　　张：7
字　　数：50 千字
版　　次：2020年2月第一版　2020年2月第二次印刷
书　　号：ISBN 978-7-5133-3971-1
定　　价：48.00元

版权专有，侵权必究；如有质量问题，请与印刷厂联系调换。